Surus:
Fābula Bellī et Elephantōrum

Emma Vanderpool

meīs amīcīs carissimīs

CONTENTS

ACKNOWLEDGMENTS

This novella is part of a series, which retells historical events from the point of view of the animals, who played a crucial role in the event. This book focuses on the Hannibal's crossing the Alps, from the point of view of his prize elephant, Surus, and his mahout (or carekeeper), Mago.

Previous books include, *Sacrī Pullī: A Tale of War and Chickens* and *Incitātus: Fābula Equī Senātōriī*. There is a gradual increase in both complexity of syntax and specificity of vocabulary, moving from everyday language to more thematic language. This book has 3,000 words, including 425 unique forms and 133 lemmae (excluding proper nouns and Roman numerals).

The vocabulary is sheltered, but the grammar is not; "hard" grammar includes comparative and superlative adjectives, and present active participles, and purpose clauses. Thematic vocabulary has a Vocabulary Tree at the front of the book (I'd advise tabbing the page for easy access) as well as illustrative pictures to aid in comprehension.

Main sources used for this book include, John M. Kistler's *War Elephants*, which provides an excellent overview of the use of elephants in war across time, as well as Stephen Kershaw's *The Enemies of Rome: The Barbarian Rebellion Against the Roman Empire*, which provided information about Rome's earlier encounters with elephants. Primary sources include Livy's *Ab Urbe Condita* 21.30-38., Polybius' *World History* 3.47-56, Pliny the Elder's *Natural History* 8.5, and Appian's *Hannibalic War*.

My highest thanks to Gregory Stringer for being my muse and offering more inspiration to continue the series. Additional high thanks to my readers, Forrester Hammer and Sasha Vining, for offering valuable feedback and suggestions.

VOCABULA DISCENDA

KEEP THIS PAGE TABBED FOR REFERENCE WHILE READING!

ELEPHANTUS

cornū	tusk	**portat**	carries
howdah	carriage	**portārī**	to be carried

MĪLĒS

exercitus	army
mahout	elephant driver
agit	directs
imperātor	general
iussit	ordered
paruit	obeyed
cōnsilium cepit ut	took a plan to . . .
amīcī	friends
hostēs	enemies
bellum	war
gerere	to wage
pugnāre	to fight
dēfendere	to defend
currere	to run
fugere	to flee
iter facere	to make a journey

TABULA GEOGRAPHICA

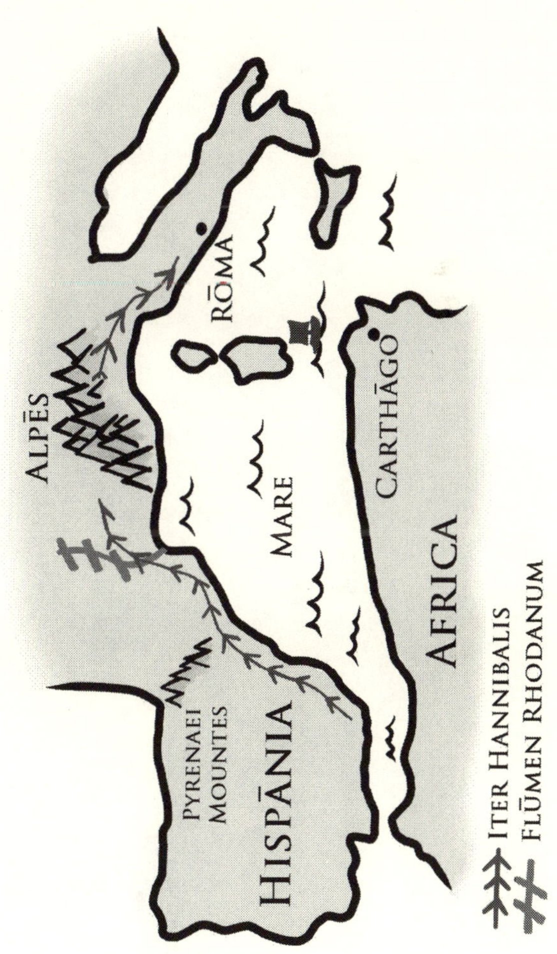

PERSONAE

SURUS, elephantus

MĀGŌ, mahout

HANNIBAL, imperātor

CAPITULUM PRĪMUM:
ELEPHANTUS SUM.

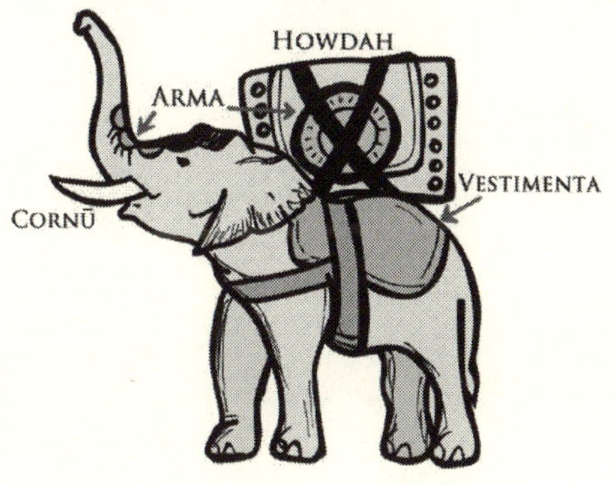

mihi nōmen est Surus; elephantus fortis et magnus sum. sōlum ūnum <u>cornū</u> habeō, quō adversum hostēs fortier pugnō.

quod imperātor Hannibal mē valdē cūrat,
vestīmenta rubra habeō et in tergō
meō "howdah" portō. quod Hannibal multās
pecūniās habet, meum howdah rubrum est.

Hannibal in howdah *portārī*[1] nōn vult. cum
mīlitibus iter facere vult quod mīles ipse est. nōn
necesse est eī portārī quod mīles fortis est.
Hannibal iter longum facere potest.

in pugnā imperātōrem portō quod Hannibal
sōlum ūnum oculum habet. *nec* exercitum suum
nec[2] hostēs bene vidēre potest.
necesse est imperātōrī in
howdah esse *ut*[3] omnia videat
et mīlitēs in pugnā bene
iubeat.

---

[1] *portārī*: to be carried
[2] *nec . . . nec*: neither . . . nor
[3] *ut*: so that

quod elephantus magnus sum, nōn est difficile mihi Hannibalem portāre. volō Hannibalem meum portāre et dēfendere quod imperātor meus est. eum cūrō.

eum cūrō nōn quod vestīmenta rubra mihi dat. eum cūrō quod Hannibal nōn sōlum mē sed etiam omnēs elephantōs et mīlitēs cūrat. eum cūrō quod ubi mīlitēs adversum hostēs pugnant, Hannibal *ferōx*[4] in pugnā est.

quod Hannibal et imperātor et mīles optimus est, nōn timeō. *aliī*[5] elephantī in exercitū timent quod Hannibal *cōnsilium cēpit ut*[6] per Alpēs frīgidās iter faceret.

---

[4] *ferōx*: wild, bold
[5] *aliī*: some
[6] *cōnsilium cēpit ut*: took a plan to . . .

ALPĒS

Alpēs sunt montēs magnī; ascendere et dēscendere iter difficillimum erit. imperātor noster in Ītaliā ipsā contrā Rōmānōs bellum gerere vult. quod Hannibal, imperātor optimus, nōs per montēs dūcet. *quam ob rem*[7] nōn timeō.

elephantus Āsiānus sum. nōn timeō.

ōlim meī *māiōrēs*[8] adversum Aegyptiōs, hostēs fortēs, pugnāvērunt. nunc adversum Rōmānōs, hostēs ferōcēs, pugnō. quod meī māiōrēs magnī et bellō fortēs erant, nōn timeō.

---

[7] *quam ob rem*: for which reason, on account of which

[8] *māiōrēs*: ancestors

CAPITULUM SECUNDUM: MAHOUT SUM.

mihi nōmen est Māgō;
nōn imperātor sum, sed
mīles Carthāginiensis.

in exercitū Hannibalis,
"mahout" sum,
quī elephantum, nōmine
Surum, agō et cūrō.
Surus elephantus
imperātōris ipsius est.

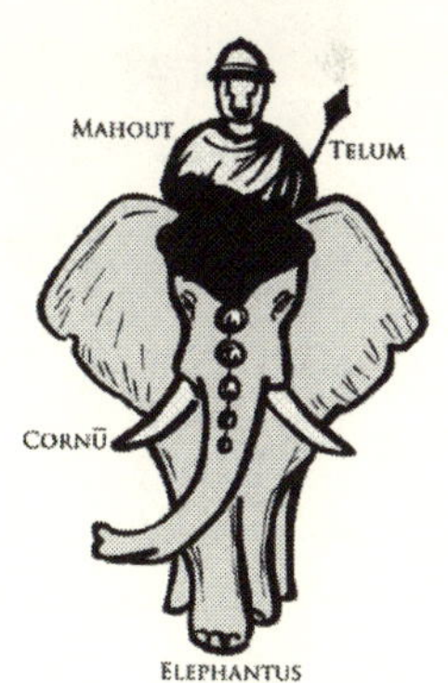

quod magnus est et howdah portāre potest. Surus est *māior quam*[9] aliī elephantī quod Āsiānus est.

meus imperātor, Hannibal, contrā Rōmānōs bellum gerere vult. in Ītaliā ipsā adversum hostēs pugnāre valdissimē vult. *nullō modō*,[10] Rōmānī amīcī nōbīs sunt. Rōmānī hostēs PESSIMĪ Carthāginiensium sunt.

ōlim Carthāginiensēs contrā Rōmānōs bellum gessērunt. multōs annōs pugnāvimus. Rōmānī victōrēs erant et ā nōbīs multās pecūniās cēpērunt.

---

[9] *māior quam*: larger than
[10] *nullō modō*: in no way

nunc fortēs sumus. nunc necesse est
nōbīs bellum gerere. nunc nōs victōrēs
erimus.

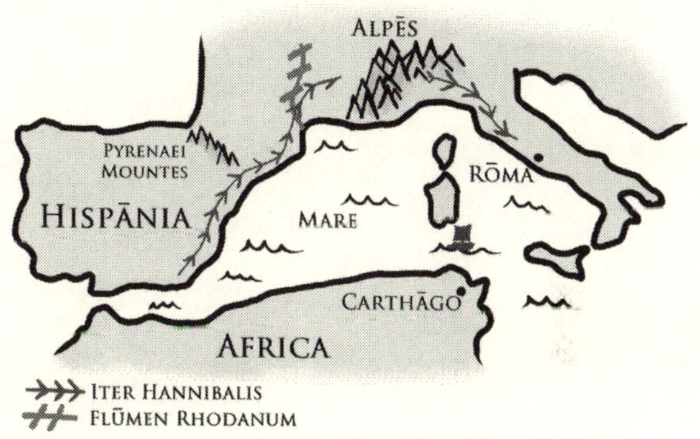

hoc facere difficile erit quod iter ad
Ītaliam longum erit. per Hispāniam et
Galliam iter faciēmus. nōn sōlum per
montēs sed etiam
per flūmina Hannibal
nōs dūcet.

quamquam iter difficile erit, necesse est
nōbīs in Ītaliā pugnāre. ubi Rōmānī nōs
in Ītaliā pugnantēs vidēbunt, valdē
timēbunt. mīlitēs fortēs sumus. ubi

Rōmānī elephantōs nostrōs vidēbunt, valdissimē timēbunt. quamquam in prīmō bellō, Rōmānī victōrēs erant, in hōc bellō, nōs victōrēs erimus.

omnēs elephantī arma gerunt, quibus sē dēfendunt. omnēs in cornibus tela habent, quibus pugnant. omnēs habent "mahout", quī agit, et mīlitem, quī pugnat.

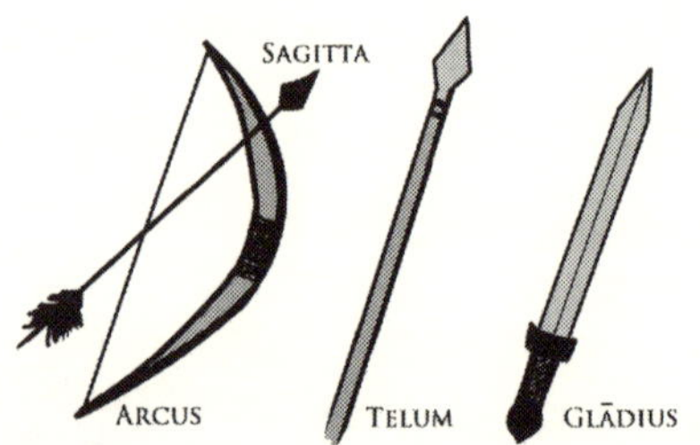

aliī mīlitēs tela et glādiōs habent, *aliī*[11] arcūs et sagittās. in exercitū Hannibalis, et elephantī et mīlitēs ferōcēs et fortēs in pugnā sunt. multōs hostēs necāre possunt.

––––––––––––––––––––

[11] *aliī . . . aliī*: some . . . others

Surus, meus elephantus, meus amīcus est. Surum nōn sōlum in pugnā agō sed etiam cūrō. meum elephantum cūrō *ut*[12] sē dēfendere et pugnāre possit.

Surus nōn sōlum est māior quam aliī elephantī sed etiam fortior et ferōcior. Surum cūrō et in pugnā agō quod Surus numquam timet. Surus optimus in exercitū est.

---

[12] *ut*: so that . . .

CAPITULUM TERTIUM:
MEĪ MĀIŌRĒS

ōlim meī *māiōrēs*[13] in exercitū Antiochī III erant.

Antiochus III, imperātor Āsiae, exercitum magnum dūxit, in quō et multī mīlitēs et CII elephantī erant.

---

[13] *māiōrēs*: ancestors

ad Āfricam iter fēcērunt *ut*[14] adversum hostēs Aegyptiōs pugnārent. exercitus imperātōrī nōmen "Magnum" dedit quod mīlitēs bene iussit.

et imperātor Āsiae, Antiochus, et imperātor Aegyptī, Ptolemaeus IV, *cōnsilium cēpērunt ut*[15] elephantōs in exercitū habērent.

elephantī et *arma*[16] in tergō et <u>tela</u> in cornibus habuērunt *ut*[17] pugnārent et sē dēfenderent. in suō exercitū imperātor Aegyptius, Ptolemaeus, LXXIII elephantōs habuit.

---

[14] *ut*: so that . . .
[15] *cōnsilium cēpērunt ut*: took a plan to . . .
[16] *arma*: armour
[17] *ut*: so that . . .

elephantī Antiochī *māiōrēs quam*[18] elephantī
Ptolemaeī sunt quod Āsiānī elephantī māiōrēs
quam Āfricānī sunt. elephantī Antiochī nōn
sōlum māiōrēs erant sed etiam fortiōrēs!

ubi elephantī Āfricānī aliōs vīdērunt, *nec* audīre
nec[19] vidēre voluērunt. elephantōs Āsiānōs *olfacere*[20]
nōluērunt! ubi Ptolemaeus elephantōs in pugnam
mīsit, pugnāre nōluērunt . . . . fugere voluērunt!

per mīlitēs suōs elephantī cucurrērunt quod aliōs
elephantōs valdissimē timēbant. elephantī mahout
nōn iam *parēbant*[21] et mahout elephantōs *agere*[22]

---

[18] *māiōrēs quam*: larger than
[19] *nec . . . nec*: neither . . . nor
[20] *olfacere*: to smell
[21] *parēbant*: were obeying
[22] *agere*: to drive, direct

nōn iam poterant. fugientēs elephantī suōs mīlitēs necāvērunt.

ubi Ptolemaeus elephantōs currentēs vīdit, alium *cōnsilium cēpit*[23]. quamquam elephantī Ptolemaeī *minōrēs quam*[24] elephantī Antiochī erant, magnī erant! Aegyptiī elephantōs magnōs timuērunt; nōn iam pugnābant sed fugiēbant.

fortis imperātor mīlitēs *nec* fugere *nec*[25] ā pugnā currere iussit. quod Ptolemaeus optimus imperātor erat, omnēs mīlitēs eī *paruērunt.*[26] mīlitēs iubēre bene poterat et in pugnam mīlitēs dūxit. mīlitēs timēbant sed nōn iam fugiēbant quod quod imperātor nōn fūgit. quod Ptolemaeus optimus imperātor erat, nōn fūgērunt sed ferōciter pugnāvērunt.

---

[23] *cōnsilium cēpit*: took a plan
[24] *māiōrēs quam*: larger than
[25] *nec . . . nec*: neither . . . nor
[26] *paruērunt*: obeyed

quamquam elephantī timuērunt et fūgērunt, in hāc pugnā Ptolemaeus et Aegyptiī victōrēs erant. quod victor erat, imperātor Ptolemaeus elephantōs Āsiānōs cēpit et eōs ad Āfricam dūxit.

quod hī elephantī meī *māiōrēs*[27] sunt, ego, Surus, sum *māior quam*[28] aliī elephantī. quod māior sum, howdah Hannibalis portāre possum et Hannibal mē cūrat et multa mihi dat.

quod hī elephantī meī māiōrēs sunt, ego, Surus, Rōmānōs nōn timeō. iter per Hispāniam et Galliam facere volō. iter per <u>Alpēs</u> frīgidās facere volō *ut*[29] adversum Rōmānōs pugnem.

---

[27] *māiōrēs*: ancestors
[28] *maior quam*: larger than
[29] *ut*: so that

CAPITULUM QUARTUM: PORCĪ RŌMĀNŌRUM

antequam iter ad Ītaliam faciēmus et adversum hostēs Rōmānōs pugnābimus, nōs adversum elephantōs nostrōs "pugnāmus"

ut[30] bellō ferōcēs sint et hostēs nōn iam timeant. quamquam omnēs elephantī magnī sunt, aliī pugnam timent.

---

[30] *ut*: so that . . .

ōlim Pyrrhus, imperātor Graecus,
bellum contrā Rōmānōs gessit.

in exercitū multōs
mīlitēs et XX elephantōs
dūcēbat. quod iter per
mare difficile erat, aliī
elephantī mortuī sunt.

mahout, quī elephantōs curābant,
trīstēs erant. elephantī et mahout amīcī
sunt; elephantī mahout cūrant et
mahout elephantōs cūrant. ubi ūnus
mortuus est, alius trīstis est.

ubi in prīmā pugnā Rōmānī elephantōs
vīdērunt, valdē timēbant! in Ītaliā
elephantōs *numquam*[31] vīderant.

------

[31] *numquam*: never

quod elephantī magnī erant, gladiīs *nec*
pugnāre *nec*[32] sē dēfendere poterant.

quamquam Pyrrhus nōn multōs mīlitēs
in exercitū habuit, pugnāre bene
poterant. Pyrrhus mīlitēs dūcere bene
poterat et victōrēs in pugnā erant.
victōrēs in bellō nōn erant quod
multī mīlitēs mortuī sunt.

post multōs annōs,[33]
Pyrrhus *iterum*[34] contrā
Rōmānōs mīlitēs dūxit

. . . sed nunc Manius
Curius imperātor mīlitum
Rōmānōrum erat.

---

[32] *nec . . . nec*: neither . . . nor
[33] *post multos annōs*: after many years
[34] *iterum*: again

Manius elephantōs nōn timuit quod
Rōmānī elephantōs vīderant et
adversum pugnāvērant. *quam ob rem*[35]
cōnsilium cēpit ut[36] in exercitū porcōs
habērent.

PORCUS

porcī nōn magnī sunt; *minōrēs quam*[37]
elephantī sunt! nec fortēs nec ferōcēs
sunt quod PORCĪ sunt!

quamquam elephantī *māiōrēs quam*[38]
porcī sunt, elephantī porcōs valdissimē

---

[35] *quam ob rem*: for which reason, on account of which
[36] *cōnsilium cēpit ut*: took a plan to . . .
[37] *minōrēs quam*: smaller than
[38] *māiōrēs quam*: larger than

timent. ubi porcī *grunniunt*,[39] elephantī pugnāre nōlunt. fugere et ā pugnā currere volunt.

quamquam elephantī in Ītaliā nōn habitāvērunt et Manius Curius elephantōs in exercitū habēre nōn poterat, multī porcī in Ītaliā erant! multī porcī in exercitū erant *nē*[40] adversum hostēs pugnārent. Manius porcōs habuit et cūrāvit . . . ut elephantī Pyrrhī timērent - et fugerent.

Manius, imperātor pessimus, porcōs *incendit*[41] et in pugnam mīsērunt; porcī *incensī*[42] in pugnam cucurrērunt. quod

---

[39] *grunniunt*: oink, grunt
[40] *nē*: not to . . .
[41] *incendit*: set on fire
[42] *incensī*: set on fire

porcī timēbant et *flagrābant*[43], grunniēbant et grunniēbant.

elephantī nōn sōlum porcōs sed etiam flammās timent. ubi elephantī porcōs incensōs vīdērunt et porcōs *grunnientēs*[44] audīvērunt, valdē timēbant. *quam ob rem*, fūgērunt et ā pugnā cucurrērunt.

hōc modō,[45] nōs Carthāginiensēs adversum elephantōs nostrōs "pugnāvimus" ut bellō ferōcēs sint.

nōs Carthāginiensēs nec porcōs incendēmus nec necāmus. pessimī NŌN sumus. quod Rōmānī porcōs incendere et possunt et volunt, porcōs ad elephantōs mittimus nōn ut grunnientēs

---

[43] *flagrābant*: were burning
[44] *grunnientēs*: grunting, oinking
[45] *hōc modō*: in this way

timeant. eōs mittimus ut ferōcēs et fortēs in pugnā sint. eōs mittimus nē[46] fugiant et suōs mīlitēs necent.

in hōc bellō nōs victōrēs erimus.

---

[46] *nē*: so that they do not . . .

CAPITULUM QUINTUM: IMPERĀTOR SUM

mihi nōmen est Hannibal; et imperātor et mīles Carthāginiensis sum.

in pugnā, cum mīlitibus meīs esse volō. nullō modō Rōmānī amīcī mihi sunt; hostēs sunt, quī multōs Carthāginiensēs necāvērunt et multās pecūniās cēpērunt.

quod in bellō prīmō Rōmānī multōs
Carthāginiensēs necāvērunt, *cōnsilium cēpī
ut*[47] nōs iter ad Ītaliam facerēmus. per
Hispāniam et Galliam mīlitēs dūcam. in Ītaliā
ipsā nōs victōrēs erimus.

elephantōs in meō exercitū esse volō quod
Pyrrhus, imperātor Graecus, eōs habuit.
quamquam multī mīlitēs in bellō mortuī sunt,
Pyrrhus victor fuerat.

elephantōs optimōs habēre possum quod
Ptolemaeus elephantōs Antiochī, imperātōris

---

[47] *cōnsilium cēpī ut*: took a plan to . . .

Āsiānī, cēpit. *quam ob rem,*[48] elephantī Āsiānī, quī sunt māiōrēs quam elephantī Āfricānī, in Āfricā habitant et in meō exercitū pugnant. ubi Rōmānī nōs et nostrōs elephantōs magnōs in Ītaliā vidēbunt, valdissimē timēbunt.

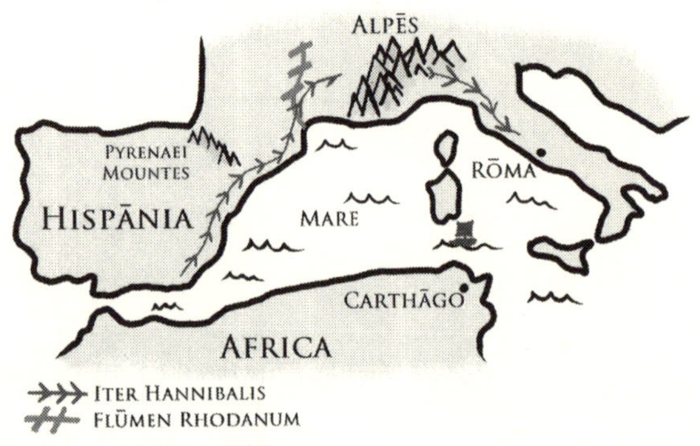

iter nōn longum erit, sed longissimum. est difficile iter facere per mare cum elephantīs quod elephantī magnī sunt. necesse est nōbīs iter per Hispāniam et Galliam facere.

pars[49] itineris per Alpēs frīgidās est.

---

[48] *quam ob rem*: for which reason, on account of which
[49] *pars*: part

in Galliā montēs magnī, <u>Alpēs</u>, sunt. quod māiōrēs quam omnēs aliī montēs sunt, aliī mīlitēs iter timent. mīlitēs meī fortēs et ferōcēs sunt sed iter omnibus difficillimum erit. quam ob rem, aliī mīlitēs iter facere nōlunt.

quī elephantum agat et cūret, mahout est. nōmen meō mahout Māgō erat. Māgō nōn sōlum mīles sed etiam amīcus meus est quod meum elephantum, Surum, cūrat.

in meō exercitū Surus optimus omnium

elephantōrum est quod Ptolemaeus māiōrēs

elephantōs ab exercitū Antiochī cēpit.

elephantī Āfricanī sunt *minōrēs quam*[50]

elephantī Āsiānī. multōs elephantōs

habeō sed nōn sunt multī magnī elephantī

similēs Surī. fortissimus elephantus est!

quam ob rem, Surum cūrō et Māgōnem

elephantum meum cūrāre valdissimē volō.

---

[50] *minōrēs quam*: smaller than

quod Surus optimus est, multa eī dedī. meus elephantus nōn sōlum vestīmenta rubra habet sed etiam howdah portat. howdah rubrum est ut omnēs Surum vidēre possint. Surus arma fortia habet, quibus dēfendit, et tela in cornibus habet, quibus pugnat.

ubi in pugnā sumus, in howdah mē portat. . . . portārī nōlō. cum mīlitibus meīs iter facere volō. quod Surus magnus est, in howdah omnia in pugnā vidēre possum.

ego et meus amīcus, Māgō, et omnēs mīlitēs iter per Alpēs frīgidās facere poterimus et adversum Rōmānōs pugnāre poterimus. in hōc bellō, elephantī nōbīscum erunt. cum XXXVII elephantīs nostrīs Rōmānī timēbunt.

in hōc bellō nōs . . . nōs victōrēs in Ītaliā erimus.

CAPITULUM SEXTUM:
MONTĒS PYRĒNAEĪ

in Hispāniā sunt *aliī*[51] hostēs

. . . nōn Carthāginiensibus

sed Rōmānīs. nōn sōlum in

Āfricā sed etiam in Hispāniā

et Galliā, Rōmānī multōs

hostēs habent. . . . nōs amīcōs habēmus.

---

[51] *aliī*: some

quamquam sunt hostēs Rōmānōrum, erat difficile bellum in Hispāniā gerere. aliī hostēs nostrīs sunt, aliī amīcī Rōmānīs. necesse erat nōbīs adversum amīcōs Rōmānōs pugnāre, quī hostēs nostrī sunt. nōn sōlum hostēs sunt sed etiam montēs.

esse in Hispāniā difficile erat. *quam ob rem,*[52]

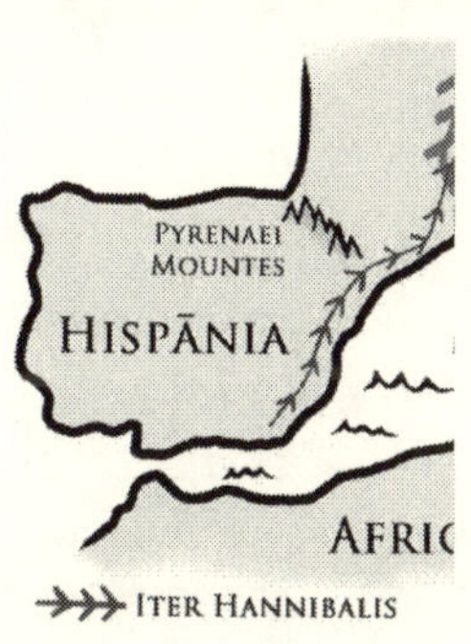

aliī mīlitēs iter facere nōluērunt. quam ob rem Hannibal cōnsilium cēpit ut aliī mīlitēs, quī iter facere nōllent, in Hispāniā habitārent.

in Hispāniā nōn Alpēs sunt sed montēs Pȳrēnaeī. in montibus Pȳrēnaeīs aliī amīcī et aliī hostēs habitant quod hī montēs *minōrēs*

---

[52] *quam ob rem*: for which reason, on account of which

quam Alpēs sunt. quod *frīgidius*[53] nōn est, multī in montibus habitāre possunt. quamquam montēs nōn magnī sunt et iter difficile nōn est, ego per montēs Pȳrēnaeōs iter facere nōluī.

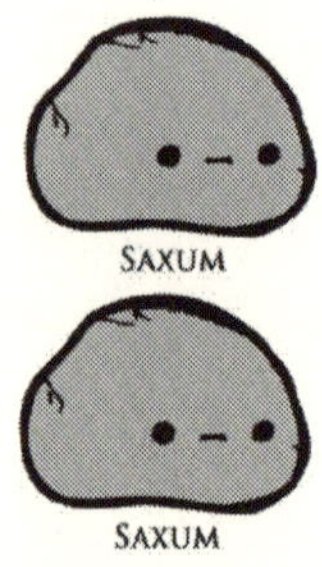

iter per montēs facere difficile est quod frīgidum est et multa <u>saxa</u> sunt.

difficile est elephantīs montēs ascendere et dēscendere. elephantōs *mōrī*[54] in Hispāniā nōluī. elephantōs in Ītaliā pugnāre voluī ut Rōmānī timērent et nōs victōrēs essēmus.

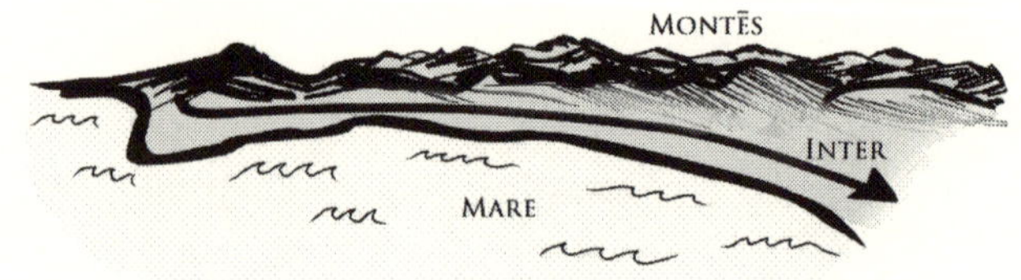

---

[53] *frīgidius*: rather cold
[54] *mōrī*: to die

quam ob rem, mīlitēs iter per montēs facere nōn iussī sed inter montēs et mare exercitum dūxī. quamquam hostēs erant, hoc iter nōn erat difficile nōbīs quod nōs mīlitēs fortēs et ferōcēs sumus.

meus mahout, Māgō, elephantum mē in howdah portāre voluit. sed ego nōn sōlum imperātor sed etiam mīles sum. cum mīlitibus meīs iter faciō.

nōn omnēs mīlitēs in howdah portārī possunt quod aliī elephantī minōrēs quam Surus sunt. sōlus Surus howdah portāre potest. quam ob rem, nōn in howdah sed cum mīlitibus meīs iter faciō.

CAPITULUM SEPTIMUM: FLŪMEN RHODANUM

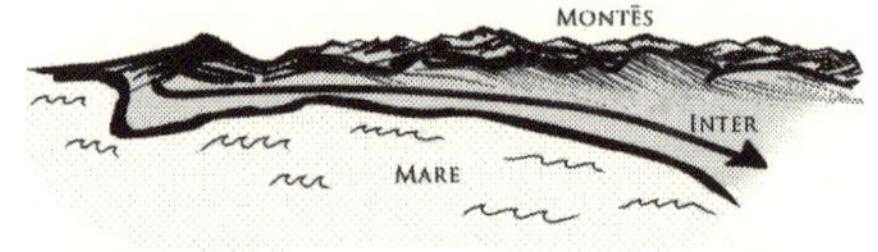

iter inter montēs Pȳrēnaeōs et mare facere difficile erat.

iter per flūmen Rhodanum facere *difficilius*[55] erat sed Hannibal nōn timēbat.

---

[55] *difficilius*: rather difficult

Hannibal nōs per

flūmen dūxit.

nōs adversum

elephantōs nostrōs

"pugnāvimus"; porcōs inter elephantōs

mīsimus *nē*[56] in bellō timērent et suōs

mīlitēs nōn necārent. elephantōs in

flūmen nōn mīsimus . . . .

quod flūmen Rhodanum magnum erat,

Hannibal

cōnsilium cēpit

ut[57] ratēs

facerent.

necesse erat habēre ratēs ut iter per

flūmen facere possēmus. ratēs fortēs

erant sed elephantī magnī erant et

aliī elephantī flūmen timuērunt!

---

[56] *nē*: so that they do not . . .
[57] *cōnsilium cēpit ut*: took a plan to . . .

elephantī fugere voluērunt . . . . ūnus mahout, Hannō, elephantum, nōmine Aiācem, *pulsāvit*,[58] quī valdē timēbat.

quam ob rem,[59] Ajax valdissimē timēbat et adversum mahout pugnābat . . . mahout necāvit . . . et ā flūmine fūgit. quod elephantus fūgit, aliī mahout nōn iam *paruērunt*[60]. fūgērunt et fugientēs multōs mahout et mīlitēs necāvērunt.

sōlus meus Surus, elephantus māior quam omnēs, nōn timēbat et nōn fūgit.

quamquam elephantī ā flūmine fūgērunt, iter per flūmen fēcimus.

---

[58] *pulsāvit*: hit, struck
[59] *quam ob rem*: on account of which, for which reason
[60] *paruērunt*: obeyed

ego iter nōn iam timēbam . . . sed nunc valdē timeō. elephantī in flūmine Rhodanō nōn mortuī sunt sed multī mahout in flūmine mortuī sunt.

necesse est elephantīs mahout habēre ut eōs agant. est difficile elephantōs agere . . . . nōn omnēs mīlitēs elephantōs agere possunt.

nunc elephantī trīstissimī erant quod mahout mortuī sunt. iter facere noluērunt . . . . mahout elephantōs cūrāvērunt et elephantī mahout cūrāvērunt. elephantī mahout *paruērunt* [61]et mahout elephantōs audīvērunt. quamquam Hannibal trīstis est, cōnsilium habet.

---

[61] *paruērunt*: obeyed

Hannibal iussit omnēs iter ad Alpēs et ad Ītaliam facere. aliī *morientur*[62]. . . . sed omnēs victōrēs erunt. Rōmānī hostēs erant . . . . necesse erat nōbīs pugnāre et hostēs necāre ut in hōc bellō victōrēs essēmus.

---

[62] *morientur*: will die

CAPITULUM OCTĀVUM: PER ALPĒS

iter longum erat . . . . sed nōn difficile elephantīs

nōbīs erat. nōs fortēs et magnī sumus!

quamquam iter longum erat, Hannibal nōn in

<u>howdah</u> erat. aliī elephantī mīlitēs portāre nōn

possunt quod sunt *minōrēs quam*[63] ego.

---

[63] *minōrēs quam*: smaller than

ego sōlus howdah portāre possum. quod nōn omnēs mīlitēs portārī nōn poterant, Hannibal in howdah esse nōluit.

quod Hannibal mīles mīlitum est, optimus imperātor est et omnēs eī paruērunt. quamquam iussit nōs iter difficile facere, nōs mīlitēs nōn fūgimus. quī fugere voluērunt, nunc in Hispāniā habitant.

quod Hannibal imperātor optimus erat, nunc aliōs mīlitēs in exercitū habēmus. hī mīlitēs nōn sunt Carthāginiensēs sed *aliī* Hispānī *aliī*[64] Gallī erant. quod Rōmānī hostēs nōn sōlum Carthāginiensibus sed etiam multīs erant, nōs amīcōs habēmus.

quamquam iter per Hispāniam difficile erat, haec est difficillima pars itineris. ascendere et dēscendere montēs difficillimum erit. montēs

---

[64] *aliī . . . aliī*: some . . . others

magnī sunt. frīgidum est. multa saxa sunt. nōn
timeō quod meī māiōrēs elephantī Āsiānī sunt.

nunc nōs montēs vidēmus . . . . audīverāmus
Alpēs *māiōrēs*[65] esse, sed nunc montēs ipsōs
vidēmus. ōlim aliī mīlitēs timēbant, nunc valdē
timuērunt.

ego nōn valdē timeō, sed timeō. elephantī in
montibus frīgidīs nōn habitant. elephantī et in
Āfricā et in Āsiā habitant . . . . nōn in Galliā
habitant.

---

[65] *māiōrēs*: larger

iter difficile nōbīs elephantīs nōn erat . . . . sed
haec pars . . . haec pars difficillima erit. nōn timeō
quod meī *maiōrēs*[66] fortēs et magnī erant.

timēre nōn possum quod omnēs elephantī mihi
parent.[67] *sī* mē timentem *videant*, iter valdissimē
timeant et iter facere *nolint*.[68]

quod imperātōrem meum, Hannibalem, et
mahout meum, Māgōnem, cūrō, nōn timēbō.
necesse est nōbīs iter per Alpēs frīgidās facere ut
hostēs Rōmānōs necēmus et victōrēs simus.

quod Rōmānī amīcī Hannibalī nōn sunt,
amīcī mihi NŌN sunt.

---

[66] *maiōrēs:* ancestors
[67] *parent:* obey
[68] *sī videant, timeant et nolint:* if they should see, they would be
afraid and would not want to . . .

CAPITULUM NONUM:
ALLŌBROGĒS

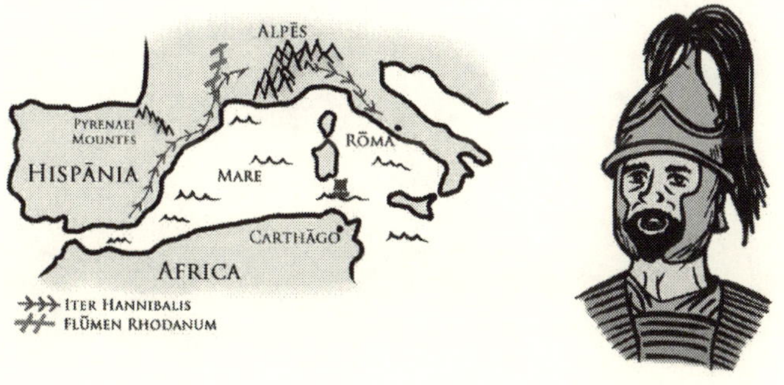

quamquam iter per et Hispāniam et
Galliam difficile et longum fuerat, iter
per montēs difficillimum et longissimum
erat. frīgidius in Alpibus erat quam in
Pȳrēnaeīs montibus.

multī hostēs in hīs montibus habitābant. in montibus amīcī Rōmānōrum, Allōbrogēs, habitant, quī nōs necāre voluērunt. Allōbrogēs saxīs magnīs nōs pulsāvērunt. quamquam nōs dēfendimus, in pugnā multī mortuī sunt.

Hannibal cōnsilium cēpit ut elephantōs in prīmā *aciē*[69] habeāmus. quod in montibus habitant, Allōbrogēs ferōcēs mīlitēs sunt. quod elephantōs numquam vīderant, valdissimē timuērunt -- et fūgērunt! ubi Allōbrogēs adversum nōs nōn pugnāvērunt, montēs ascendere nōn iam difficillimum erat, sed difficile.

---

[69] *aciē*: battle line

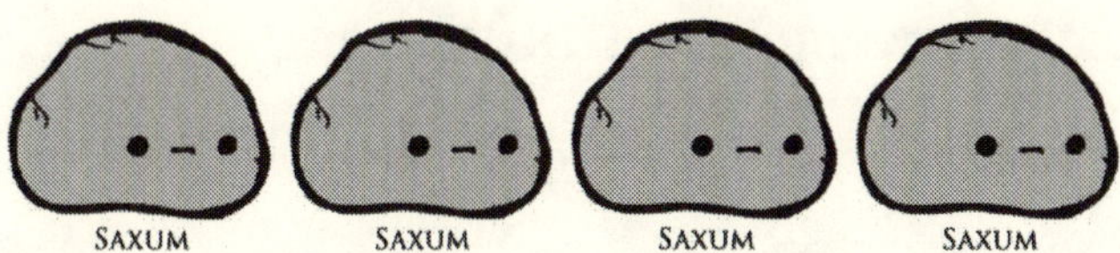

elephantī fortēs et magnī sunt . . . .
in montibus erant saxa. erat difficile eīs
iter facere in saxīs. erat difficile quod
mahout in flūmine Rhodanō mortuī sunt
et elephantī aliōs mīlitēs agentēs
habuērunt. difficile eīs erat *spīrāre*[70]
quod montēs magnī sunt. quamquam
frīgidī erant et difficile spīrāre erat,
elephantī nōn mortuī sunt!

ubi nōs Ītaliam vīdimus, nōs trīstēs
nōn iam erāmus. iter facere voluimus
quod Ītaliam vidēre voluerāmus. nunc
Rōmānōs vidēre poterāmus. nōs
vīctōriam vidēre poterāmus.

---

[70] *spīrāre*: to breathe

ascendere montem difficile erat quod
Allōbrogēs, amīcī Rōmānī, in Alpibus
habitāvērunt. . . .

et dēscendere difficile erat.

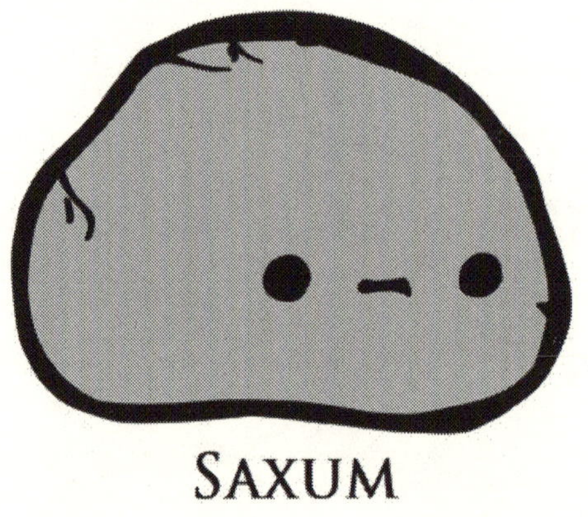

SAXUM

nōs montem dēscendēbamus et saxum
MAGNUM vīdimus. per saxum iter
facere nōn poterāmus . . . . necesse erat
mīlitibus saxum *frangere*.[71]

---

[71] *frangere*: to break

aliī mīlitēs saxum frangēbant, aliī cum elephantīs frīgidīs erant quod frīgidī erant. ego et aliī mahout vestīmenta rubra et arma elephantīs dederunt ut frīgidī nōn essent.

ubi cum elephantīs erant, mīlitēs frīgidī nōn erant. elephantī nōn frīgidī erant, sed calidī! quod elephantōs in exercitū habuimus, aliī mīlitēs mortuī sunt sed nōn omnēs.

CAPITULUM DECIMUM: MORTUUS EST.

ALPĒS

erat difficile <u>Alpēs</u> ascendere et dēscendere, sed meus mahout, Māgō, mē cūrāvit. vestīmenta et arma mihi dedit ut nōn frīgidus essem sed calidus. quam ob rem, in montibus nōn mortuus sum. pugnāre possum.

quod nōs elephantī fortēs sumus, inter montēs
Pȳrēnaeōs et mare nōn mortuī sumus. in flūmine
Rhodanō nōn mortuī sumus. nōn in Alpibus
mortuī sumus! frīgidum nōs nōn necāvit. multī
hostēs nōs nōn necāvērunt.

quamquam iter longissimum et difficillimum erat,
nōs omnēs nōn mortuī sumus. nōs XXXVII
elephantī nōn mortuī sumus. multī mīlitēs mortuī
sunt sed imperātor Hannibal optimum cōnsilium

cēpit ut nōs elephantōs cūrāret.
Hannibal nōs in Ītaliā pugnāre
valdissimē voluit quod Rōmānī
nōs elephantōs timuērunt.

prīma pugna inter <u>flūmen</u>,
Trebiam, et montēs erat.
Rōmānī nōs elephantōs
vīdērunt . . . . sed nōn

valdē timēbant. quamquam nōs nōn timuērunt,
nōs Carthāginiensēs bellō ferōcēs sumus.

imperātor Hannibal et optimum cōnsilium cēpit et nōs bene iussit. quam ob rem, victōrēs in hāc pugnā erāmus!

in hāc pugnā victōrēs erāmus . . . . quamquam XXXVII elephantī iter fēcērunt et nōn mortuī sunt, pugnāre bene nōn poterāmus. ferōcēs et fortēs fuerāmus . . . . quod iter longum et difficile nōbīs fuerat, nec bene pugnāre nec sē dēfendere poterāmus. XXIX elephantī in ūnā pugnā mortuī sunt . . . . VIII nōn mortuī sunt.

in hāc pugnā, meus mahout, Māgō, mortuus est. in montibus et in pugnīs mē cūrāverat ut adversum Rōmānōs *pugnāturus essem.*[72] Māgō mē cūrāvit sed . . . ego Māgōnem cūrāre nōn poteram.

---

[72] *pugnāturus essem*: I would fight

Rōmānus, fortis et ferōx, Māgōnem necāvit; trīstissimus eram quod mahout nōn iam habuī. Mahout optimus omnium fuerat sed nunc mortuus est. . . . alium mahout habeō sed Māgō nōn est.

post hiemem,[73] meī VII amīcī mortuī sunt quod iter longissimum et difficillimum fuerat. mōrī voluī quod Māgōnem mortuus erat . . . . sed Rōmānus, quī mahout meum necāvit, iam pugnat. quam ob rem, nōn mortuus sum.

ego sōlus nōn mortuus sum. aliī omnēs elephantī mortuī sunt.

nunc alium mahout habeō . . . . sed nōn est Māgō, quī mē optimē cūrāvit.

nunc imperātōrem in howdah portō ut omnia in pugnā vidēre possit.

---

[73] *post hiemem*: after dinner

bellum difficillimum et longissimum erit quod Rōmānī hostēs fortēs et ferōcēs sunt . . . sed Hannibal numquam fugiet. pugnābit et pugnābit et pugnābit.

in hōc bellō, nōs victōrēs erimus.

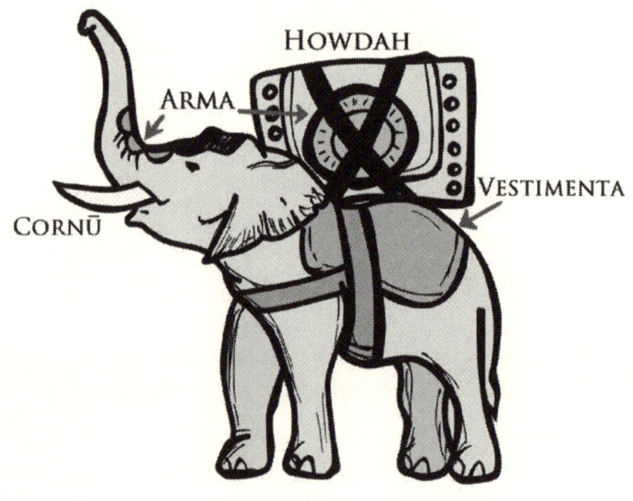

INDEX VERBŌRUM

dūcam, dūcēbat, dūcere, dūcet: lead

dūxī, dūxit: lead

ego: I

eī, eīs: to him/them

elephantī, elephatnīs, elephantōrum, elephantum, elephantus: elephant

eōs: them

eram, eraāmus, erant, erat: was/were

erimus, erit, erunt: will be

esse: to be, was

essēmus, essent: were

est: is

etiam: also

eum: him

exercitū, exercitum, exercitus: army

facere, facerēmus, facerent, faceret, faciēmus, faciō: make

fēcērunt, fēcimus: made

ferōcēs, ferōs: wild, bold

ferōcior: more wild, more bold

ferōciter: wildly, boldly

flagrābant: were on fire

flammās: flames

flūmen, flūmina, flūmine: river

fortēs, fortia, fortis: strong, mighty

fortiōrēs: stronger, mightier

fortissimus: strongest, mightiest

fortiter: strongly, mightily

frangēbant, frangere: break

frīgidās, frīgidī, frīgidīs, frīgidum, frīgidus: cold

frīgidius: rather cold, more cold

fuerāmus, fuerat: had been

fugere, fugerent, fūgērunt, fugiant, fugiēbant, fugiet, fūgimus, fugit: flee

fugientēs: fleeing

gerere, gerunt: wage

gessērunt, gessit: waged

gladiīs: swords

grunniēbant,
  grunniunt: grunt,
  oink
grunnientēs: grunting,
  oinking
habeāmus, habēmus,
  habent, habeō,
  habēre, habērent,
  habet: have
habitābant, habitant,
  habitārent,
  habitāvērunt: live,
  dwell
habuērunt, habuī,
  habuimus, habuit:
  had
hāc, haec, hī, hīs, hoc,
  hōc: this
hiemem: winter
hostēs: enemies
howdah: "carriage"
  carried by large
  elephants
iam: now, already
  nōn iam: no longer
imperātor,
  imperātorem,
  imperātōrī,
  imperātōris: general
in: in, into

incendere, incendit: set
  on fire
incensī, incensōs:
  having been set on
  fire
inter: among
ipsā, ipse, ipsius, ipsōs:
  himself, herself,
  themselves
iter, itineris: journey
iterum: again
iubeat, iubēre: order
iussī, iussit: ordered
longissimum: longest
longum: long
magnī, magnīs,
  magnōs, magnum,
  magnus: large, big
mahout: elephant
  driver
māior, māiōrēs: larger,
  bigger
mare: sea, ocean
mē, mihi: me
meī, meīs, meō, meum:
  my
mīles, mīlitem, mīlitēs,
  mīlitibus, mīlitum:
  soldier
minōrēs: smaller

*mīsērunt, mīsimus,
  mīsit*: sent
mittimus: send
modō: in this way
*montem, montēs,
  montibus*: mountain
mōrī: to die
morientur: die
mortuī, mortuus: dead
*multa, multās, multī,
  multīs, multōs*: many
nē: lest, so that ... don't
nec: and not
  nec . . . nec: neither
  . . . nor
*necāmus, necāre,
  necārent, necāvērunt,
  necāvit, necēmus,
  necent*: kill
nōbis: us
nōbiscum: with su
*nolint, nōllent, nōlō,
  nōluērunt, nōluī,
  nōluit, nōlunt*: do not
  want
nōmen, nōmine: name
nōn: not
nōs: us
*noster, nostrī, nostrīs,
  nostrōs*: our
nullō: in no (way)

numquam: never
nunc: now
ob: on account of . . .
oculum: eye
olfacere: to smell
ōlim: once
*omnēs, omnia,
  omnibus, omnium*:
  all, every
*optimē, optimōs,
  optimum, optimus*:
  the best, very good
parēbant, parent:
  obey, listen to
pars: part
paruērunt: obeyed
pecūniās: money
pessimī, pessimus: the
  worst, the least good
porcī, porcōs: pigs
*portāre, portārī, portat,
  portō*: carry
*possēmus, possint,
  possit, possum,
  possunt, potest*: to be
  able, can
post: after
*poteram, poterāmus,
  poterant, poterat*:
  was able

poterimus: will be able to

prīma, prīmā, prīmō, prīmum: first

pugna, pugnā, pugnam, pugnīs: fight

pugnābant, pugnābat, pugnābimus, pugnābit, pugnāmus, pugnant, pugnāre, pugnārent, pugnat, pugnāvērunt, pugnāvērunt, pugnāvimus, pugnem: fight

pugnantēs: fighting

pugnāturus: about to fight

pulsāvērunt, pulsāvit: fought

quam: than

quamquam: although

quī, quibus: who

quō: with which

quod: because, which

ratēs: raft

rem: thing, case

rubra, rubrum: rēd

sagittās: arrows

saxa, saxīs, saxum: rock

sē: himself, herself, themselves

sed: but

sī: if

similēs: similar to

sint: are

sōlum, sōlus: only

spīrāre: to breathe

sum, sumus, sunt: am/are

suō, suōs, suum: his/her/its own

tela: spears

tergō: back

timeant, timēbam, timēbant, timēbat, timēbō, timēbunt, timent, timeō, timēre, timērent, timet: fear

timuērunt, timuit: feared

timentēs: fearing, being afraid

trīstēs, trīstis: sad

trīstissimī, trīstissimus: very sad

ubi: when, where

ūnā, ūnum, ūnus: one

ut: so that . . .

valdē, valdissimē: really

vestīmenta: clothing
victor, victōrēs: victor,
  winner
vīctōriam: victory
videant, videat,
  vidēbunt, vidēmus,
  vīderant, vidēre,
  vīdērunt, vīdimus,
  vīdit: see
volō, voluēramus,
  voluērunt, voluī,
  voluimus, voluit,
  volunt, vult: want, are
  willing to

ABOUT THE AUTHOR

Emma Vanderpool graduated with a Bachelor of Arts degree in Latin, Classics, and History from Monmouth College in Monmouth, Illinois and a Master of Arts in Teaching in Latin and Classical Humanities from the University of Massachusetts Amherst. She now happily teaches Latin in Massachusetts.

Made in the USA
Monee, IL
22 July 2022